Vous feriez bien de remplir cette page
de vos dessins et de vos poèmes
cher.e.s lectrices et lecteurs
ou d'y glisser
une fleur
un dessin
une photo
ou que sais-je encore !

Biographie poétique.

KARINE EDOWIZA

JEANNE DUVAL

L'AIMÉE DE CHARLES BAUDELAIRE

Titre original :
Jeanne Duval, l'Aimée de Charles Baudelaire
© version 2023 Karine Edowiza
ISBN : 978-2-3224-8044-9
Dessin de la couverture par Elisa Ouvea.
Titre : L'arbre du coeur de Jeanne

Édition : BoD - Books on Demand, info@bod.fr
Impression : BoD - Books on Demand, In de
Tarpen 42, Norderstedt (Allemagne)
Impression à la demande
Dépôt légal : juin 2023

pour Diènguè Marie Suzanne et toutes les Jeanne

Ne croyez pas aux médisances me considérant comme la prostituée de Charles Baudelaire. Notre amour a été la poésie de leurs vies ingrates, là où nous rendions possible toute exaltation sublime. À cette époque, certaines rencontres étaient impossibles. Il est un enfer fabriqué par les êtres humains aux âmes putrides d'un cœur avare. Vous les connaissez bien ; ceux et celles dont les cupidités verbales s'esclaffent sous l'emprise d'une haine. Nous : derrière chacune de nos paroles se cachaient l'affolement de nos cœurs, nous. Nous transpirions l'amour avec la maladresse de la passion humaine. Tant de fois, il m'a raconté. Tant de fois, je l'ai imaginé. Fragile adolescent et sauvage à la fois, il débarqua sur les îles et les terres de la côte est de l'Afrique, avec ses allures de dandy parisien. Force-aimant. Forcément, il se laissa kidnapper jusqu'à s'abandonner. Le beau voyageur est ce brave exilé qui se laisse épingler le cœur. Les solitudes érotiques se sont révélées organiques. Charles vivait chez l'épouse Autard de Bragard. Ne croyez pas ce que l'on raconte sur moi, je n'ai jamais été la prostituée de Baudelaire. Mais, tant qu'à être une donneuse généreuse, revêche, perdue et soupçonnée, autant persister en étant celle d'un seul homme. Je veux bien opter pour le mot muse, il m'amuse et s'amuse, sa muse. Je l'étais, de par ma beauté, ma personnalité et la culture de mon pays. Ne croyez pas ce que l'on aime vous préciser à l'encontre de Charles, il a toujours été mobilisé à l'infini, sans hasard, ni calcul. Car il était un condamné du renouveau des passions. Vous savez : cet art de vivre complètement l'ailleurs, de créer l'ailleurs, là et ailleurs. Ne présumez rien, vous qui soupçonnez tout, ne m'estimez pas, vous qui désirez effaroucher votre chair et ne racontez pas de moi ce que vos paupières trahissent. Ne croyez pas les racontars à mon sujet, je n'ai jamais été la prostituée de Baudelaire. Charles et moi, nous nous sommes rencontrés le temps d'une grâce. Moi, Jeanne Duval Lemaire, j'étais fraîchement débarquée à Paris pour parfaire mon éducation et suivre des cours d'art et de littérature. N'en déplaise à certains. Ma famille appartenait à l'élite qui avait versé son sang pour l'indépendance de notre république, l'une des premières républiques du monde : Haïti. Paris ? Pourquoi ? Pourquoi Paris ? Faut-il un énième « parce que » à Paris ? Aimer Paris. Aimer à Paris : c'était pour moi m'entremêler de son essence, des égouts aux ravissements architecturaux suintant la révolution, des mythes humains aux mèches incandescentes des hôpitaux de charité. « Paris et mon pays ». Mon pays : Haïti. Si j'ouvre la bouche, vous entreverrez peut-être quelques mots doux et liqueurs suaves de paroles et de lois. Mon pays : si j'ouvre les yeux vous distinguerez peut-être la profondeur de ses pigments et labeurs. Mon pays : si je détache mes cheveux vous recueillerez peut-être la charge du passé qui la supplante. Mon pays : si vous palpez mes paumes de mains vous en découvrirez peut-être une face abominable, mais une pile héroïque et un mythique non-renoncement. Le temps joue le prétentieux au moins durant un acte de théâtre. Charles a toujours détesté ce qu'il considérait comme mon amant le plus insatiable : le théâtre. J'étais comédienne au théâtre de la Porte Saint-Antoine. Charles s'enivrait de Paris et moi aussi. « Ah Paris »... ses options décalées, sa frivolité, sa fidélité, ses rencontres jumelles et son romantisme dépravé à toute épreuve. Comme la plupart des gens à notre époque, Charles était gorgé d'à priori sur les comédiennes. Je l'avoue et condamnez-moi subtilement si vous l'osez, j'avais avant Charles, la joyeuse coutume de vivre mes instincts comme un fauve indomptable, comme un puits profond à la chair brisée par l'éphémère et la frivolité. Paris devint la terre de mon éden simulé. Avant Charles, je pensais qu'il fût sagace, vaillant et élégant pour une comédienne de se laisser courtiser et entraîner.

C'est l'un de mes amis, furieusement jaloux, Félix Nadar, photographe portraitiste qui m'a présenté Charles. Dès cet instant, Charles m'a follement chérie. En commençant un rêve dont j'étais la principale amorce et même encore aujourd'hui, vous continuez de nous rêver. Charles avec son mal-être portait en lui un magnétisme lugubre d'excès et de verdicts mais, d'une beauté dure, ravagée et ravageante, mêlée d'une générosité d'un vingt-cinquième siècle chatouilleux, que je souhaite aux femmes les plus averties. Je crois pouvoir affirmer que je suis devenue son aimant. Il avait cette façon d'embrasser la vie, de s'égarer sans peur des conséquences dans des antres inconnus. Il était à la recherche d'un amour dévorant, qu'il a parfois effleuré. Il m'a aimée tout de suite et moi aussi. Puis, les anges d'un paradis contradictoire nous arrangèrent une rencontre fondée sur l'infini jusqu'à compréhension de nos ligatures.

« Charles, je m'appelle Charles Baudelaire, je suis poète », dit-il.

Je fermai les yeux avec le charme d'une capricieuse.

« Jeanne Duval Lemaire, haïtienne dominicaine et comédienne.

Charles a bu ma parole et l'a recrachée en un poème. Une femme qui tombe amoureuse doit se faire conquête à jamais. Alors, je n'ai pas montré mon admiration, j'ai juste bégayé un…

— C'est beau, suffisamment beau…

Les parcs parisiens sont habilités à recevoir les enchanteresses. Le monde des morts, des zombis et des esprits polluaient l'imaginaire de la montagne assise dans la mer : Haïti. Petite, je me sentais leur double et courait flâner dans les cimetières au grand dam de mes parents. Charles adorait que je lui conte les histoires de mon pays. Il m'initia aux récits d'Edgar Allan Poe : je retrouvais mon pays. Oui, alors l'automne était ma saison favorite et j'aimais flâner dans les parcs parisiens. L'orange, le rouge et le jaune des feuilles d'automne meurent dans une beauté divine. Ce jour là, Charles se baladait avec son ami Théodore de Banville, auteur taquin qui me dédia l'un de ses poèmes intitulé *Le Divan*, en hommage à mes agacements, mon esprit révolté moderne, mes rythmes pas encore à la mode et mes malheurs théâtraux. Charles était sûrement de l'espèce de ces hommes rapaces, qui vous adjurent de les aimer avec des paroles doucereuses et incontrôlables, et qui un jour se transforment en amertumes verbales, faisant d'eux un énième charognard ordinaire et de vous une chagrinée impertinente. Parce qu'ici l'esclavage n'était pas encore aboli, nous avions fini notre échange dans l'un de ces troquets parisiens accueillant toutes sortes d'âmes peut-être perdues, mais à la recherche d'un plus. Charles me récitait très souvent ses poèmes et j'en riais, d'amour. Nous ne fûmes plus que trois personnes avec qui Charles finit par les partager. Il les vociférait avec une telle puissance et des sueurs si désarmantes que je voyais en lui l'éternel ennemi de mon amant le plus fidèle qu'il s'était inventé : le théâtre. Charles avait fini par décliner toute invitation où il devait déclamer ses bijoux de bouche et d'esprit. Je ne sais si c'est parce qu'il a fini par être troublé par sa propre faculté à décomposer émotionnellement son auditoire, ou par se gonfler d'orgueil et décider égoïstement de ne combler de plaisir, que ses gens, surtout moi, rien que moi. Charles n'était pas le premier parisien à me faire la cour. Avant de devenir l'intrigante de Monsieur Charles Baudelaire, j'étais par ma beauté et ma singularité, une espèce de trophée que certains ne m'ayant même pas consommée, scrutée ou auscultée, exhibaient dans leurs cabinets de curiosité, piteusement rebaptisés; soirées mondaines.

Ne croyez pas ce que l'on raconte sur les femmes, nous ne partageons pas l'intimité de notre palette de sourires avec n'importe quel déguisé. Peu m'importait ceux qui se vantaient de me connaître. Mes fossettes n'ont été jusqu'au bout qu'avec Charles. Avant Charles, j'aimais cette certaine vie parisienne, l'exhibition élégante, la frénésie révolutionnaire, les ragots mensongers ou pacificateurs et les codes d'excès qui y régnaient, même les prescriptions gourmandes trouvaient écho en moi. Crue et agacée, j'en fascinais certains, j'en gênais et troublais d'autres en ces temps de hoquet républicain piétiné par l'empire colonial et esclavagiste. C'est Charles, lui, le seul, mon seul, qui m'avait engloutie, comme une femme soit, belle soit, d'ailleurs soit, mais comme un être, pas un fruit exotique, dont le jus reste à découvrir ou la substance à dévorer à volonté, au milieu de bals fantaisistes, qui ne soudoient que les périmés dépassés par la tendresse. Ne devenez l'exotique de personne, sinon vous finirez étrangère à l'amour. Promesse : nom commun singulier qui trop galvaudé par les hommes n'épousera que le verbe regretter. Charles devint mon dépravé déguisé en sangsue et mon égoïste travesti en mal de vivre. Mais le génie créateur de Charles et la rupture épistémologique engendrée par son imaginaire et ses thèmes savoureux, l'excusèrent. Il me fascinait de plus en plus. Complètement drogué au laudanum, il délirait pendant des heures sur la manière dont le renouveau poétique devait casser les convenances langagières et les hémiplégies des consciences des mortels. Mais il n'avait pas toujours besoin de laudanum. Il délirait aussi sur le corps de quelques femmes sans jamais les fréquenter. Il n'aimait pas laisser ses empreintes dans les corps de celles qu'il qualifiait d'indifférentes au tout et de perméables au sexe. Il n'honorait que la passion sur le long terme, à l'affût de frôler la divinité. Il s'évaporait toujours au-delà, glorifiant ce qu'il n'atteindrait jamais en tant qu'homme, mais frôlerait en tant que poète, parce qu'il cernait certaines femmes toujours mieux qu'elles-mêmes, vêtu de son emprise érotique déguisée en hymne. Il offrait aux femmes un champ sémantique. N'importe quelle femme aurait été pétrifiée, pas moi, Jeanne Duval Lemaire, parce que je n'étais pas n'importe quelle femme. J'étais SA femme. Pourtant, amoureux de moi, Charles s'administrait encore des angoisses. Il les couvait de son poitrail jusque dans son estomac comme des roches de mélancolies. Ses états d'extrême perte provoquaient en lui, et l'émerveillement absolu des multiples possibilités, et le désarroi des interrogations. Persécuté par un amour maternel redondant d'insatisfactions, il exaltait son complexe d'Œdipe mal reconverti en une lamentable tristesse causée par la mort de son père. Ça, nous l'avions en commun, la mort du père, ce père confident, protecteur, transgressant les conventions, idéalisant le passé, le présent et le futur. C'est par son républicain indompté de père que Charles fut initié aux arts visuels que sont la peinture et la sculpture. Charles, tel un être élu, était chevauché par des entités qui finalement ressemblaient plus à ces démons haineux et capricieux qui veulent vivre à votre place en enviant votre humanité chérie par le Divin. Je m'enivrais de lui, lui de moi, avec lui, en lui, pour lui. Je me perdais avec lui, sans lui, pour lui. Charles me forçait au ravissement d'un moi caché et coaché parce qu'il me sublimait. Moi, je me pavanais, je reflétais de lui le meilleur et le plus insoluble, et de moi le plus revigoré et le plus noble, jusqu'à un certain point.

Nous n'avions de sulfureux que notre désir à nous surpasser toujours plus aimants et amants, à nous dépasser d'humanité, au point de nous vomir de progrès, à force de supporter les pressions sociales et familiales de ce monde hermétique à l'ivresse de nos projets. Nous avions notre indice : ne jamais nous laisser glisser dans leur inacceptable. Notre azur, notre amour mixte, largement en avance, accueillait les édifices en vogue d'une mise en scène clémente. Pour peu qu'il soit en présence d'un être qu'il aimait, Charles provoquait pour lui sans retenue un exhibitionnisme ingénieux. Ses agacements, il ne parvenait jamais à les éloigner de ses colères, et orageuse par éducation et fierté comme j'étais, nous sombrions avec notre consentement mutuel dans une folie douce et féroce. Charles était capable du véritable trop-plein d'amour, cher à tous les idéalistes. Mais ce trop-plein d'amour ne valait rien sans compréhension du divin. Quand il serait là, il serait plein, et je souhaitais inconditionnellement ce plein, son plein, mon plein, nous. Nous étions posés là, vrais, suspendus l'un à l'autre dans un vide hypocrite conçu par la société, entourés d'un silence infirme procréé par nous, subjugués par nos essences créatrices. Charles savait me faire rire, pleurer, peur, savourer et rêver en tâchant chaque fois que j'en ressente une splendide satisfaction, comme un orgasme médusé par mes mille sens dont il serait le chef d'orchestre. Mes amis le méprisaient et le qualifiaient de prétexte à la torture amoureuse et à la passion dévastatrice. Surnommée « l'audacieuse intense », beaucoup ne me comprenaient pas. Simplement, je l'aimais. Je me suis faite à cette idée d'être un tout pour lui, son tout et il était mon tout. Quand il brandissait le suicide, comme chantage à mes abandons, moi, sa belle d'abandon, je bifurquais de mon éducation et je m'engloutissais dans un désespoir affolant, m'égarant dans son antre de malaise. En fait, il me détruisait par sa morbide façon de me maintenir dans ses angoisses, ses colères et mes nostalgies, goutte à goutte et non pas côte à côte. Charles et moi vivions tantôt sur ma pension héritage, ou tantôt sur mes gages de comédienne, sur ses gages d'auteur ou tantôt sur son héritage, dont le général Aupick, époux de sa mère Caroline Dufaÿs, imposait la cadence des dépenses. Le général Aupick était un serviteur de l'Empire, jusqu'au bout du mépris républicain. J'aurais pu comprendre qu'il modère les dépenses de Charles en bon père bienveillant, mais il l'acculait. Il voulait que Charles paye pour n'être pas le bon fils rêvé, l'inexcusable mondain. Nous fréquentions peu le grand frère de Charles, un magistrat tout en politesse et consciencieux. Père et de seize ans son aîné, Charles lui vouait un respect fraternel et son affection pour lui, toute discrète fût-elle, suffisait à son aîné. C'étaient deux hommes aux destinées et obligations bien différentes. Mais son frère n'hésitait pas à prêter à Charles de l'argent. Lorsque mes rentes finissaient, Charles et moi nous retrouvions rapidement dépouillés par notre élan dépensier ivre. Nous avions un train de vie frénétique, enivrant et joyeux. Le général Aupick me haïssait. Me désirait-il ? Lui qui avait voyagé dans des contrées lointaines où il n'avait peut-être pas pu toucher les femmes. Peut-être se l'était-il interdit ? Car l'on connaît les abus et crimes des conquérants. Le général Aupick exigea que Charles et moi rompions. Au-delà du caractère de Charles, notre amour était une insoutenable provocation au général de l'Empire qu'il était. Je portais la république en moi, la République dominicaine haïtienne. J'empestais la république, l'indépendance, la victoire des forces d'anciens esclaves et amis sur l'armée française impériale. Intolérable pour le général Aupick. Je portais la république en moi. Je m'imposais comme une femme libre, parce que citoyenne d'un pays, d'une république. Le général Aupick percevait notre liaison comme un affront politique. À cette époque la France, pays qu'il s'était inventé au point mort, oscillait entre son devenir républicain et sa stagnation impériale, meurtrissure de tant de peuples. Je portais une république, j'empestais la république et la défaite de son armée. Je n'étais soumise à aucune obligation d'esclave. Agacée, je voulais continuer à le persécuter de ma liberté acquise triomphalement et qu'il s'épouvante d'une crise politique française.

Haïti, Saint-Domingue : république, défi d'humanité, mon toit, ma terre nomade à savamment transplanter dans chaque terre du monde entier. Mes ancêtres, africains, asiatiques, européens, tainos, caraïbes, d'adoption, de viol, de refus, d'amour, de résistance. Haïti : la montagne dans la mer, le sommet d'une terre faite dignité par des combattants guidés par Toussaint Louverture, qui embrassa les idéaux de la Révolution française dès 1791 :

- Frères et amis. Je suis Toussaint Louverture ; mon nom s'est peut-être fait connaître jusqu'à vous. J'ai entrepris la vengeance de ma race. Je veux que la liberté et l'égalité règnent à Saint-Domingue. Je travaille à les faire exister. Unissez-vous, frères, et combattez avec moi l'arbre de l'esclavage. Votre très humble et très obéissant serviteur. Toussaint Louverture, général des armées du roi, pour le bien public. C'est en 1804 que Dessalines proclame la république d'Haïti, un contre-Atlantide : un idéal de liberté, d'égalité et de fraternité. Oui, ma liberté ne se contrôle pas, Général. Ma liberté ne se glane pas. Il n'y a pas un jour où je ne pense à mes frères et sœurs encore enchaînés et non affranchis par l'empire colonial. Mon autonomie je la préserve, Général, et vous n'en pourrez jamais pétrifier le sort. Je l'ai conquise par ma chair et par mon sang. Je ne vous appartiens pas. J'appartiens à mon pays délié. Mon armée veille. Je suis et resterai cette chair incontrôlable de liberté. Même dans ma mort, je ne vous serai jamais disponible. Vous pouvez tenter de brûler mes reins et renverser à votre manière mon cœur, cela ne sonnera que de façon temporaire, minable et sarcastique. Vos pièges ne m'atteindront jamais, car je resterai fondatrice et immortelle grâce à l'amour, car j'aime, je suis libre et je suis libre d'aimer. Ce que Charles ne supportait pas, c'était l'emprise émotionnelle que cet homme serviteur de l'Empire avait sur sa mère. Charles se sentait renié comme fils, comme héritier républicain et comme génie. C'était l'histoire d'un poète et d'un général. Caroline Dufaÿs, la mère de Charles, maintenait en elle une douleur bizarre qui ne disait mot. Tout à l'inverse de son fils, pour qui l'expression valait toutes les perles englouties. Lorsque nous nous croisions dans une machination orchestrée par Charles, je sentais bien sa jalousie sur le fait de m'être donnée comme défi d'aimer ardemment un homme. Ma relation avec Caroline a évolué au fur et à mesure de nos péripéties communes, vécues au travers de son fils. Mais Charles souhaitait par dessus-tout que l'on m'accepte, que sa mère m'accepte. Cette quête acharnée nuisait à notre amour, car certains de mes ennemis lui étaient chers.

- Caroline, je ne ressens aucune haine envers vous. Je n'en alimente aucune. Je suis juste une femme amoureuse. Il n'y a d'orages dans ma relation avec votre fils, que ce que les jaloux en supposent ou refusent d'apprivoiser. Je suis simplement une femme en amour. Je sais pertinemment que vous souhaitez vous réconforter dans un préjugé, un cliché dont même Félix Nadar ne voudrait pas : la prostituée écervelée, sournoise, possédée, calculatrice et fourbe. Ne croyez pas ce que vous vous racontez sur moi, je ne suis pas issue d'un peuple sans histoire, sans éducation, sans avenir, sans décence et sans civilisation. Mais il est vrai que je suis comme n'importe qui, pleine de défauts et de rêves. Je ne sais si le père de Charles âgé de la soixantaine a vampirisé votre vingtaine. Veuve, vous vous êtes résolue à épouser le général Aupick, pour offrir au social un silence tenu. Moi, je ne sais me taire, je n'aime pas me taire et j'avoue m'être maintes fois souillée par ma bouche et avoir déféqué sur autrui par mes paroles vilaines, mais je ne sais me taire. Ne refusez pas d'être une femme amoureuse, ce serait oublier d'être une mère accomplie. Car Charles ne pense à rien d'autre qu'à vous aimer et vous chérir avec une vigueur immortelle, à vous rendre heureuse et fière en tant que mère. Il veut obstinément me faire adopter de vous. Cela m'agace, même si je revêts parfois fièrement l'habit de femme officielle qu'il finit par vous imposer , ai-je maintes fois déclaré à Caroline Aupick.

Elle ne répondait pas. Elle parlait peu et se lamentait de l'attitude odieuse de Charles. Notre première rupture correspondait à un lendemain d'échanges amers au sujet de sa mère. J'éclatais toujours entre sanglots et vers assassins.

- À vous tous et toutes qui ne m'aimez pas. Ce que Charles et moi représentons pour vous, est un pays que vous n'avez pas conquis et que vous avez renoncé à explorer. Cela vous regarde. Mais ne faites pas de moi une énigme avec laquelle vous masturbez votre orgueil, votre ethnocentrisme ou le prépuce de vos plaisirs hypocrites voire macabres. Moi, j'ai fait le choix d'aimer. J'ai opté pour cette ivresse sans retenue. C'est pourquoi au fond de ce fonds solidaire humain, qu'il me plaît de risquer de maintenir, je ne peux vous en vouloir. Je ne peux que vous blâmer. Vous ne pouvez pas comprendre ce qui nous unit, Charles et moi. Vous vous refusez de le comprendre, de l'admettre, car autrement ce serait vous questionner sur vous et sur l'amour. Vous ne pouvez reconnaître ce que de Charles et moi vous entrapercevez au milieu des rictus de vos joies. Que palpez-vous ? Cet état, vous ne l'avez jamais effleuré, ces émotions, ces ancres jamais ressenties ? Je ne connais pas le cœur d'un être autre que le mien qui vibre en

Charles », ai-je maintes fois prononcé. Celui auprès de qui le couple Aupick déléguèrent leurs manigances autoritaires fut maître Ancelle, un notaire qui éprouvait malgré tout de l'affection pour Charles. Mais qui ne le comprenait pas plus. Néanmoins, « il le supportait », pour reprendre Caroline. Maître Ancelle, Caroline Dufaÿs et le général Aupick ne s'intéressaient pas au poète, mais à une espèce de Charles, dont ils avaient gommé l'essence et la semence pour ne retenir que le dû. « Vous devez votre vie à votre mère. » « Vous devez la décence de votre vie au couple Aupick. » « Vous devez… vous devez… Charles me disait que mes confrontations avec maître Ancelle, entre autres, serviraient de mise à nu de mes ennemis, de révélateur de leurs faiblesses et de ma toujours plus grandissante fidélité et malignité voire perversité d'esprit, quand homme, il m'en voulait. Pourtant, nous n'avions rien à prouver à nos ennemis : *Celui qui reprend le moqueur s'attire le dédain et celui qui corrige le méchant reçoit un outrage* , dit un proverbe.

Caroline était d'une coquetterie fade qui exprimait son renoncement à l'amour. J'empestais la folie parisienne que j'adoptais avec grâce, dans une interprétation personnelle, alimentée par un Charles constamment inspiré et inspirant.

Charles m'a demandé de lui enseigner comment me rendre heureuse, car il avait décidé de suspendre sa vie à mes veines. Sous les coups de colère, je lui ai souvent reproché de respirer avec mes poumons. Charles passait son temps à s'endetter dans l'allégresse d'exister, par vice aussi et perfidie envers sa mère et ce mauvais général. Charles avait loué une montgolfière comme avait l'habitude de le faire notre ami photographe Félix Nadar. Il m'a fait visiter Paris de haut.

- Il y aura toujours plus grand que nous, notre amour. Mais nous serons toujours au-dessus de Paris , m'a-t-il déclaré.

Notre amour se répandait partout. Charles dégoulinait de moi et je dégoulinais de lui. Désaxés l'un sans l'autre, à l'invitation de Charles complètement ivre d'un moi, que je me faisais le plaisir et l'audace d'épanouir, il a emménagé chez moi à l'hôtel Pimodan, quai d'Anjou. Ma mère fut obligée de commencer ses allers-retours pour nous laisser sombrer dans une intimité fusionnelle. Nous ordonnions parfois à notre temps de s'arrêter, acolyte, il obéissait. J'arrivais de plus en plus fréquemment en retard au théâtre de la Porte Saint-Antoine. En revanche, Charles poursuivait l'écriture de ses articles littéraires et se sentait plus fort et crédible. J'aimais lorsqu'il m'asseyait sur ce boudoir, inventant un théâtre futur et me récitant nos poèmes. Je savourais ces moments entre appréhension, hypnose réciproque et effervescence. Comme c'était aussi bon que déstabilisant de me faire irradier de ses timbres d'âme qui vibraient en moi, comme si j'ingurgitais un vin assassin de mes cauchemars et de mes chimères les plus indicibles. Je me sentais comme à la fois emplie et décontenancée par sa force. Pleine d'un nouveau sang, d'un fluide obligatoire à mon devenir, d'une liqueur incontournable à mon hypophyse et mes sens, je restais là, crispée de bonheur. Mes sens : je les conditionnais aux palpitations physiques et mentales de Charles, même si je m'attendais à tout instant à l'un de ses exploits égoïstes. Comme un slogan : 1848. Charles et moi régnions tels des princes dans une France en ébullition. Les revendications sociales des travailleurs et des esclaves parcouraient les rues et les assemblées. 1848. Avec rage, conviction et dans un élan poétique toujours plus pragmatique, Charles rejoignit les barricades en s'affichant résolument obsédé par les idéaux de justice et de dignité. 1848 : les marrons de la Martinique, de la Guadeloupe, n'attendirent pas le décret pour abolir l'esclavage et percer l'air de leurs mains libérées. D'une saison à l'autre, Charles se déclarait en concurrence avec le moindre regard posé sur moi, la moindre tentative de cour ou de séduction à mon égard le rendait violent et féroce. Souvent, il m'accusait de me pavaner dans l'unique objectif de rendre officiels nos sens en émoi. Alors accrochée à lui, aveuglée par son prisme, je fusionnais en lui dans une liesse démesurée au point de devenir son simulacre shakespearien, lui, mon antre d'étincelles, mon abreuvoir conjugué au passé, au présent, et au futur. Notre logement n'était pas bien grand, afin de ne pas nous perdre dans l'espace partagé. Notre lieu était rempli d'objets que nous ramassions et achetions ça et là. Nous avions aussi créé cet espace que nous avions baptisé « le salon de tous les possibles ». Dans tous nos logements, nous l'avons recréé.   Là, Charles me mettait en représentation. Je jouais pour nos amis, j'interprétais ses poèmes et ceux des plus intrépides et la troupe, rapidement, ne me manqua plus. J'avais le plus romantique des substituts. J'éprouvais alors une sorte de grandissement : si j'étais la plus grande aux yeux de mon amour, quel besoin avais-je de partager avec d'autres mes élucubrations théâtrales, mes fascinations de mise en scène, que seul Charles avait domptées en moi sur le long terme et enracinées à tout jamais. Mes colliers de perles, mes hanches sculptées et nos transes… J'aimais ses mèches tombant ça et là, là, encore là, de-ci, de-là. La pâleur presque translucide de sa peau me permettait de voir ses veines et de les compter. Son buste était transfigurant, car son cœur bombait son poitrail, quand il choisissait de respirer. Ma sorte de héros bâtisseur, mon homme qui n'a pas su comprendre tous les défis divins. Je le mangeais sans façons, de toutes les façons et sans contrefaçons. Son regard à la fois animal, fragile, perfide et marchandé m'exaspérait autant qu'il me pourfendait. Les convulsions musicales et les incubations talentueuses de mon homme : bleues, indigo, turquoise, vertes, émeraude, jaunes, ambre, rouges, fuchsia, roses et rubis. Notre osmose charnelle et spirituelle : caresses, renversements, cloîtres, ondes, suspensions, orgasmes, saveurs réciproques, c'était le rudiment d'une sève épicurienne, que nous nous étions transplantés dans chacune de nos extrémités et dans chacun de nos organes internes et externes. Cette maudite première fois où Charles et moi avons rompu... Nous ne parvenions pas à nous retrouver.

- Retrouve-moi mon amour, retrouve-moi »
- À quoi bon nous chercher ?

Je le trompais. J'avais envie de me sentir en dehors de lui, par fuite, par peur et par lâcheté, je l'avoue. Cela devint effrayant, cette emprise qu'il exerçait sur moi. Ses défauts finirent par engloutir mon amour. Charles me trompait probablement pour les raisons qui effraient tous les êtres avides, jusqu'à ce qu'ils comprennent qu'il n'y a de belle liberté que celle partagée avec l'éternité. Cette fois là, nous prîmes peur de mon amant et de sa maîtresse. J'avoue : je faiblissais face aux jaloux et aux préjugés. Je rivalisais en vain avec les tentatives de suicide de Charles, inconsciente du pouvoir de mon amour, doutant de mon emprise sur lui et préoccupée par mon ego. Même si nous ne flirtions jamais avec les hypocrites, nous avions fini par permettre qu'ils pénètrent notre amour, tels des vampires. Nous avons voulu partager ce qui ne se sait et qui ne se vit qu'à deux. Ils ne comprirent pas et nous dévorèrent chacun dans un plaidoyer destructif, possessif et envieux. Charles m'abandonna chez moi avec l'objectif de se suicider et de me léguer son héritage. Je crus que je devais renoncer à tout en persistant à l'aimer et il crut être maudit.

- Saccagez-moi en fuyant, ce sera plus simple que si je vous fuis. Je n'y parviendrai pas. Je ne mérite rien, ni l'amour de ma mère, ni le vôtre que Paris a maudit,, a-t-il dit.

Je lui répondais, forçant l'indifférence :

- Je vivais avant vous, alors je vivrai sans vous et cela m'ira à ravir.

Quand il m'a trompée avec la juvénile et talentueuse actrice Marie Daubrun, c'était comme s'il pourfendait une part de mon identité. Elle était charmante, toujours à l'affiche et éprise de Théodore de Banville qu'elle finit par choisir. Théodore ami fidèle de Charles, vivait sa situation de poète avec une normalité putride de bonne éducation. Charles fut vexé qu'elle préférât Théodore. J'ai toujours eu beaucoup d'affection pour lui. La mère de Charles s'est par la suite attachée à la mère de Théodore qui vivait de façon plus paisible le sort de son poète de fils.

Me refusais-je à vivre hors de lui ? Moi,

sa ferveur délicieuse. Charles me chérissait si ardemment, que j'ai mis des années à me libérer de cette prison exclusive dans laquelle il m'avait si adroitement enfermée. Je prenais alors la vilaine habitude de l'humilier en public, nous si indisponibles, nous si infidèles, lui si enveloppé d'un moi qu'il aiguisait lui-même, nos cœurs s'endurcirent. Charles et moi posions fréquemment pour Félix Nadar. Ma personnalité et ma beauté ne fascinaient pas seulement Charles, mais de nombreux littéraires, peintres et poètes que nous fréquentions ou pas d'ailleurs. Paul Chenavard, peintre philosophique, insistait beaucoup pour me peindre. Où certains hommes trouvaient-ils le courage de défier ainsi M. Baudelaire ? Une muse n'est celle que d'un seul créateur, sinon c'est une comploteuse narcissique. Charles, j'en étais tombée follement amoureuse, mais n'importe quel peintre aurait pu me sublimer. Charles n'a eu qu'une primeur et un avantage sur tous : je l'aimais, lui. LUI. J'appréciais Paul Chenavard, car lui et moi nous perdions dans des discussions philosophiques, religieuses et comestibles. Paul était un grand ami d'Eugène Delacroix. Charles, vous le savez, respectait et aimait le travail de Delacroix. L'idée même que je pusse lui plaire le dérangeait si fort, qu'il se mit à élaborer des petits plans mesquins d'appartenance légitime. Il ne supportait pas l'idée que je puisse devenir la muse de quelqu'un d'autre, ni moi non plus d'ailleurs.

Charles ne supportait pas que je partage un moment singulier avec un homme prolifique, sans que lui ne l'ait vécu auparavant avec moi. Paul avait un don pour le dessin détaillé. Charles lui envoya un dessin qu'il fit de moi avec un petit mot : « Vision céleste à votre usage ».

« Et si Paul avait envie de me dessiner en Vierge Marie ? » demandai-je, comme provocation à ce monde de clichés.

— Naïve, tu deviens assoiffée de gloire. Chenavard n'a qu'une envie : te dessiner paumée au milieu d'un christ lumineux, chassant la sorcière que tu inspires à certains, ou peut-être est-il encore comme tous ces abrutis, un platonique de plus et il te souhaite en Maria Magdalena, l'apôtre pourchassée, la prostituée transcendée. Mes poèmes ne te suffisent plus ? Tu cherches à tous les envoûter quel que soit le domaine artistique, éternité désennuie ! Quel est ton but ? On ne naît muse que de la main d'un seul homme ! , me lançait-il un jour.

— Charles ! Tu devrais être flatté de répandre ce que tu as décelé en moi, flatté que l'on veuille poursuivre l'immortalité de celle que tu as éclose. Mais tu as raison mon amour, je ne suis pas une comploteuse narcissique. Je suis tienne. »
Ne croyez pas ce que l'on raconte sur moi, ni sur les muses : une muse est celle d'un seul créateur, sinon c'est une sulfureuse dédaigneuse. Charles se battait dès qu'il ressentait en son for intérieur un

manque de mots à déclamer, hurler, balancer ou dès qu'il était près d'une ouïe médiocre de son concept de la sentence. Les poèmes de Charles dérangeaient. C'est que la poésie est l'art du réel fécond, du sublime craché. Nous avions de nombreux ennemis, mais la plupart nous haïssaient aussi pour ce que nous représentions.

Charles a toujours refusé que je pose pour des peintres et je l'ai parfois regretté, quand je jouais la conspiratrice égocentrique, la comploteuse narcissique ou la dédaigneuse sulfurique, au choix. Édouard Manet était plus futé. Il possédait un don réel pour l'observation, dès lors que l'une de vos attitudes ou que votre corps l'enchantait. Édouard a réalisé plusieurs toiles et dessins de moi, si sincères, à différentes époques de ma vie, alors que je n'ai posé pour lui qu'une fois. Édouard était un exalté, il était patient comme les plus ambitieux essentialistes. J'aimais qu'il me raconte son Brésil. Nous partagions une tendresse sincère. Édouard nous aimait profondément, nous nous en sommes aperçus au fil de nos soubresauts, Charles et moi. À chacune de nos trois ruptures, il choisissait toujours de me fréquenter, même contre l'avis d'un Charles excessif qui exigeait qu'il fasse son choix. Édouard Manet était notre témoin d'honneur. Il en connaissait plus et en accumulait plus sur nous-mêmes que nous-mêmes. Au fil des ans, Charles s'éprit de la peinture d'Édouard. Je l'ai adopté comme petit frère chimérique et ingurgité comme amant improbable. Pour cette toile, que vous connaissez, j'ai posé pour lui, un peu. C'était un hommage au « salon de tous les possibles » qu'Édouard fréquentait souvent. Pour la pose, je me suis vêtue de la robe de la paix que m'offrit Caroline à son retour d'Espagne. Puis je lui ai montré ma cheville cloîtrée dans mes collants en contre-pied au serpent, bijoux et autres fresques baudelairiennes.

Cette robe, comme une caresse, hommage aux moments si tardivement partagés, et peut-être, comme si j'essayais de m'approprier un mariage officiel, la robe de la paix. Le teint volontairement fade, fantomatique ; je voulais d'un culot posthume, que seul était capable de m'offrir Édouard, un contre-pied, pourtant une toile baudelairienne, le fantôme de Charles cerné par Manet, son ombre qu'ils avaient souhaitée démoniaque, mais qui choisit de se recouvrir de lumière. Mon humanité dissipée fièrement en Charles. Mon histoire qui se raconterait encore, Édouard notre testament. Ce fut agréable et citoyen de poser pour Gustave Courbet. Homme du peuple convaincu, aux idéaux pacifiques, il était l'un des rares à me harceler de questions au sujet de l'expérience républicaine d'Haïti Saint-Domingue. Bon vivant, il ne pouvait que devenir l'un des nôtres, notre bande de saltimbanques bohémiens grandissait. Gustave me répétait sans cesse que j'étais la muse essentielle de Charles, la fée de ses mots et le démon facile de ses maux. Lorsque Gustave peignait, il se faisait un point d'honneur à ce que cela reflète volontairement sa conscience politique d'utopiste socialiste. Charles fréquentait Gustave. Il aimait l'écouter, discourir avec lui et se pétrir d'idéaux neufs. C'est d'ailleurs lui qui l'initia aux œuvres de Proudhon, au point que Charles finit même par prévenir celui-ci d'un complot contre lui. Je me vantais que nous étions une république neuve et pleine d'espoir et que la France avec ses colonies, sa bourgeoisie antirépublicaine et son empire glacé d'oscillations idéologiques se cherchait comme une adolescente déphasée. Gustave riait et hurlait. Gustave cernait tout cela et il se fit un point d'honneur à me peindre dans son tableau *L'Atelier* , où je représentais le progrès de l'humanité, dont il rêvait. Peinte avec mon air vindicatif de femme libre, près du poète avant-gardiste. Homme de terrain, Gustave s'engageait fréquemment dans diverses manifestations sociales. Il aimait le vin et le gobait comme on s'échoppe de fruits secs. Nous passions des heures à en déterminer les moindres compositions subtiles ou brutes, parfumées, épicées, fleuries, boisées. Le vin. Gustave nous peignit ensemble : Charles écrivait comme se dictant de nouveaux commandements, de nouvelles lois que je semblais lui transmettre, sa main posée sur ma cuisse, pour me maintenir dans sa tendresse possessive. Il recevait mon fluide. Charles pouvait s'embraser dans des élans impulsifs désarmants. Le temps de l'une de nos séparations, il exigea que Gustave me retire de sa toile. Gustave hurlait qu'il allait lui en faire une autre, où il se tiendrait seul réfléchi, face à son pupitre dans un vide à remplir et que seule cette dernière toile serait exposée. Mais Charles voulait se déposséder de moi, comme si ce fût possible. Personne ne peut se déposséder d'une muse amoureuse. Il voulait m'arracher de lui, comme si ce fût possible. Lui qui s'était incubé de ma flamme et moi qui m'était transvasée en lui. Charles s'est alors mis à accuser Gustave de complice de son mal-être et Gustave le provoquait en l'accusant de censeur de l'art. Nous étions à l'origine d'un courant non baptisé : chacun de nos rendez-vous étaient innovants. Nos expressions entremêlées taisaient leurs noms par trop de césures. Charles voulait réellement apporter « un souffle nouveau dans l'art », comme disait Victor Hugo, la littérature et par ricochet la politique, enfin je crois. Eugène Delacroix a peint tous les êtres de tous les pays avec la même intensité, le même regard, la même force, sans les juger, ni préjuger, présentant les corps dans leurs plénitudes, des humains dans des états de grâce sociale. Charles aimait Eugène Delacroix. Capable de réciter transfigurée tous les poèmes de Charles, jamais rompue de silence, je m'invitais à l'une des fêtes de Mme Sabatier. Apollonie Sabatier de son vrai nom Aglaé Savatier trimbalait cette candeur d'insolence. Charles la nommait « celle qui est trop gaie ». La Sabatier ! La Présidente ! Madame la présidente ! Nous nous ressemblions, parce que nous étions déjà contemporaines. À la fois peintre et muse, elle avait aussi un talent incontesté pour mixer les originaux innovants. Elle organisait chez elle des soirées si pittoresques, comme des coups d'état dans l'Empire, par les thèmes qu'elle leur donnait et par ses invités qu'elle poussait au ravissement, « Madame la présidente ».La Sabatier s'agaçait chaque jour, de plus en plus, de l'attitude de Charles. Mais elle restait son ange gardien sans contrefaçon, ni marchandage. Elle n'a jamais forcé Charles à l'aimer. Elle connaissait la substance de Charles. En trois ans de vie commune, ils n'ont partagé leur intimité corporelle qu'une fois. Je les percevais de loin comme des jumeaux partageant une vie qu'ils jugeaient ou que l'on jugeait déloyale pour eux. La Sabatier trouvait fréquemment Charles vautré sur son sol, des carafes de vin vides entourés de manuscrits et de dessins me représentant, le laudanum enivré, le cœur vautré sur ses tapis, délirant. La Sabatier le soutenait même si elle avait peur qu'il se suicide chez elle.

    « Encore ses pensées amoureuses ! Me voilà ! Votre idéal ! La Prosper ! La Lemaire ! La Dardart ! », lui rabâchait-elle.

Ce soir-là, je voulus vérifier que je manquais à Charles. Je lui manquais. À la fin de la déclamation de l'un de ses poèmes, j'ai ôté mon masque. La Sabatier m'a adoptée plus qu'elle ne le faisait déjà. Les invités partagés entre étonnement, fascination et rejet se tournèrent vers un Charles toujours plus mien, que j'abandonnais là. La

Sabatier l'a toujours soutenu même pendant son procès mascarade, où il fut injustement condamné par le ministère de l'Intérieur. Je n'avais pas besoin de récupérer Charles, car il avait toujours été mien, quoi que nous fassions ou décidions. Ce que le Divin inscrit se voit tôt ou tard. Nous retournâmes l'un vers l'autre et je quittai à nouveau ma troupe de théâtre d'excentriques révoltés, au désespoir total du metteur en scène qui jura ma perte. Mais, cette fois, je n'étais plus seule. Ma mère vint à nouveau s'ankyloser avec nous. Je l'étouffai dans ma vie parisienne et elle expira. J'en ressens toujours une abominable culpabilité. Comme si je l'avais offerte en sacrifice aux vilains de Paris. Pourtant, elle m'affirmait qu'elle savait sa maladie incurable. Elle voulait me revoir et connaître Charles. Charles et maman se perdaient dans des échanges maternels renversants. Le fait que mère meure à Paris me conforta dans l'idée d'y rester au départ. Vivre à Paris pour continuer ma douloureuse conquête d'un milieu réfractaire à ma personne. Alors, j'étouffais la nostalgie de mon pays et ma profonde tristesse de l'avoir perdue en me vautrant en Charles. Plus aucun calme ne m'habita et je ne trouvais pas ma place dans cette société oscillante d'idéologies. Alors, dans une tempête désespérante, je me fixais l'objectif d'embarquer Charles à Haïti Saint-Domingue avec le cadavre de mère, une énième invitation au voyage. Paris m'avait maudite, à quoi bon lui offrir le corps de ma mère et le mien sans personne pour

m'assurer que je sois enterrée avec
Charles. Charles me consolait avec son étrange
façon de tout ramener à ses angoisses.

« Je ne te laisserai jamais mourir avant moi
Mlle Duval-Mme Baudelaire. Je veux que de moi tu
voies aussi la mort. Épouse-moi », a-t-il avoué.

Nous nous sommes mariés, juste tous les deux,
avec pour témoins un corbeau empaillé, une
statuette en bois sans yeux et l'Esprit divin, qui
seul comprenait notre amour. Nous avions
reconstitué le salon de tous les possibles. Nous
avons tapissé le sol de pétales de fleurs fraîches,
séchées et dorées. Nous nous sommes dit oui en
nous étreignant sur un boudoir de velours rouge
émeraude comme la cataracte de Charles, avec un
crucifix argent pour luminaire nous offrant la
promesse d'une nouvelle vie. Mes pieds se
traînaient et je me fondais en Charles, lui insufflant
ce qui me restait de joie, afin qu'il persiste. Le
général Aupick mourut. Je devais partager ce que
Charles éprouvait, mais au lieu d'en ressentir un
quelconque soulagement, ce fut pour moi le début
de ses affections insupportables, enfin enjolivées
par sa traîtresse affective de mère, alors désormais
fière de son fils poète.

Je commençais donc à lui en vouloir. Il pensait m'abandonner, pour me laminer dans une morosité avec sa mère pour unique repère. Quelques temps après la mort du général Aupick, je lui fis part de mon désir de motiver Charles pour Haïti, mon énième invitation au voyage. Mais elle s'offrit à moi encore plus égoïste que son fils me suppliant de ne pas le quitter, les quitter. Paris en était déjà à son énième statut de capitale de la république avant que l'empire ne refasse surface avec son emblématique empereur nauséabond de conduite prisonnière du peuple ; avis de républicaine. Charles, ivrogne d'amour trempé de vin que je léchais à petit feu. Il se comportait de façon exécrable avec ma bonne et je n'hésitais plus alors à le menacer de le chasser de chez moi. Je n'aimais pas voir en Charles un conquérant cliché ou un goujat bourgeois, voire un colon hautain. Il me voulait toujours plus sienne et je me sentais fanée et affaiblie. Il persistait à fréquenter des jeunes femmes fascinées par l'interdit baudelairien. Désemparée, je me résolus à le tromper avec une femme, pour lui ressembler. Je voulais tenter de cerner ce que d'elle j'avais, et pour comprendre ce qui de moi l'enchantait. Je me faisais plus rebelle et douée, plus sienne. Cette fois Charles interpréta intempestivement mon malheur. Il se sentait en danger, car il ne m'offrait aucune compréhension, ni sensibilité ivre et le refuge féminin est un redoutable adversaire. Caroline venait à chaque fois à la rescousse de son désormais fils génial.

Depuis sa robe de la paix, elle souhaitait partager des moments inoubliables avec moi, j'en tremblais. Sa sincérité s'arrêtait tout près du bonheur de son fils. Tout ce qu'elle faisait pour moi, je soupçonnais que ce soit pour Charles. Elle me fit enfin remarquer qu'elle nous enviait, malgré le caractère bien étrange de son fils. Elle se vantait, désormais, de l'amoureuse si spéciale que je demeurais. Elle ne parlait de son défunt mari qu'en ces termes : « le général Aupick disait ci et ça... » Jamais elle ne disait « feu mon époux ». Elle ne parlait pas non plus du père de Charles. Ses souvenirs s'étiolaient peut-être. Mais pour lui, elle disait « ce républicain de Baudelaire ». Petit écart qu'elle se permettait, se contaminant ainsi de ma fantaisie et de celle de Charles. Elle me semblait parfois aussi amère que son fils. Il faut du temps et du sacrilège envers la vie, pour éprouver une mélancolie si propre. Il m'a fallu quelque temps pour m'attacher à Caroline et elle, pour se détacher de ses devoirs de mère. Elle participait à m'étouffer avec Charles. Je lui rappelais ses silences anciens, si méprisants envers son fils et comment le général Aupick et maître Ancelle lui interdisaient de le voir, lui alors le fils dépravé, par sa prostituée vénale et sanguinaire. J'assumais avec véhémence le rôle d'ange assagi, de la belle d'abandon qui sous les coups du cœur s'abandonne totalement. Je m'abandonnais à lui et à ses rythmes caducs. J'étais son éternelle et obséquieuse solitude érotique. Je tombai malade au point d'avoir du mal à me déplacer. Presque infirme, je fréquentais le club des Hashischins sans lui, croisant parfois Théophile Gautier. Charles me soigna, me prodiguant soin et amour. Critique d'art très demandé, poète encouragé et élu, je m'épris d'une jalousie intolérable à mes yeux et mon âme restait coincée dans ses entrailles.

« Vivre avec un être qui ne vous est nullement reconnaissant de vos efforts, qui au contraire les contrarie avec une maladresse ou une méchanceté permanentes, qui vous considère comme un domestique de sa propriété... une créature qui ne veut rien apprendre... qui ne m'admire pas... qui jetterait mes manuscrits si cela lui rapportait plus d'argent que de les laisser publier, qui chasse mon chat, écrivit-il, un jour mauvais.

— Charles, reconnais-moi, je suis femme, je suis tienne, entends mon cœur. Reconnais-moi », avais-je été tentée de répondre.

Je jetai alors mon dévolu sur un jeune homme de mon pays, que je fis passer pour mon frère. Charles m'installa dans une sorte de vie contemplative presque rangée. Devenue la proie de ses disponibilités, je me rongeais d'ennuis à l'attendre. Je me crispais à l'idée de m'engloutir dans une vie rigide d'épouse soudainement sérieuse et essoufflée, de muse isolée devenue une icône idiote, ensevelie dans son œuvre trésor. Mon faux jeune frère m'apportait toute la joie d'un amour juvénile et grotesque, folklore d'érotisme sympathique. Il m'apportait de petites ivresses et de petites jubilations. Charles vaquait à ses maîtresses désormais plus fraîchement conquises. Je proposais même à son éditeur Auguste Poulet-Malassis, mes souvenirs de femme encore amoureuse cherchant le moindre triomphe rentable. Je voulais vivre mes derniers instants à Paris et économiser afin de revoir mon Haïti. Je renchérissais à poursuivre une vie frénétique d'extases malgré les absences de Charles, un Charles mûri par moi. Il avait tant profité et tout aspiré. Que me restait-il ? Rien de palpable, rien que ma carcasse de muse au cœur bombé d'un lui évanescent... Ravie de fournir à l'humanité un élan, dont j'étais l'impulsion, il s'extasiait, de plus en plus prolifique. Je devins à l'affût de la moindre once d'attention nouvelle. Il me savourait comme un acquis et me contournait comme son flambeau stable. Charles, le poète amoureux, me quitta pour se savourer. Le calme de notre vie lui convenait, même s'il s'échinait à se créer des espaces secrets. Je ne voulais pas de ses secrets non partagés. Je cherchais à le perturber, je maudissais sa nouvelle mère, sa nouvelle vie de héros littéraire et exigeais des sommes frivoles si peu mirobolantes, pour qu'il daigne s'apercevoir que mon pays réclamait ma future dépouille. Je ne le supportais que mien. J'étais devenue Lui. Je n'assumais pas ses métamorphoses de corps et ses métamorphoses de cœur, ni les miennes. Charles ne cessa pourtant pas de m'aimer, mais je n'existais que par ce qu'il avait fait de moi. Son œuvre *Les Fleurs du mal* fut reçue par la critique conservatrice et les autorités comme une ode à la décadence. Nous savions — Charles, son père de substitution Théophile Gautier, son éditeur Poulet-Malassis et moi — que ce « frisson nouveau » baptisé comme tel par Victor Hugo était évidemment imbriqué dans la personnalité de Charles. Son affront à l'empire : fréquenter une affranchie républicaine ! À l'époque, ils n'avaient pas réussi à condamner Flaubert et sa *Madame Bovary*, il fallait à l'empire un exemple bien visible. Je croupis dans mon narcissisme à défaut d'être comploteuse. Charles écopa de trois cent francs d'amende et les poèmes « Les Bijoux », « Le Léthé », « À celle qui est trop gaie », « Lesbos », « Les Métamorphoses du vampire » et l'un des poèmes des « Femmes damnées », furent supprimés du recueil. J'en avais inspiré certains, je portais donc la condamnation à mon identité. Les éditeurs Broise et Malassis écopèrent de cent francs d'amende. Soutenu par La Sabatier qui comme moi et Victor Hugo se flattaient d'une telle condamnation, Charles hurlait à la divine hypocrisie. Il écrivit à l'impératrice. Que l'on me cite ici une femme insensible aux vers de mon homme. L'amende fut diminuée. La colère de Charles se transforma en vengeance. La plupart des gens joliment feutrés se cachaient pour se délecter des poèmes de Charles. Il se sentait castré d'un tout qu'il avait si savamment orchestré.

" Vous ne porterez en vous que le sacrilège de la censure et les tourments d'un poète qui peut se vanter d'avoir atteint un état de grâce et si cette grâce ne vous plaît pas, parce que vous l'identifiez à une garce, alors que cette même garce vous hante à jamais, avait-il hurlé à huis clos.

Charles ne se sentait pas maudit, mais persécuté. À force d'être assailli, il se dilapidait dans des états de stress chronique, sans jamais cesser d'être prolifique et moi, je récupérais toujours de près ou de loin les morceaux tombés de nos falaises diagonales. Poulet-Malassis ne refusa jamais d'éditer et de rééditer l'ouvrage même dans le risque d'un endettement, par foi et fidélité. Charles n'avait pas opté pour le titre *Les Fleurs du mal* . Il se laissa volontiers porter par l'idéal qu'implantait en lui Théophile Gautier. Charles fit sa connaissance très jeune et c'est lui qui sut donner un encadrement au jeune poète qu'il était. Théophile Gautier et Charles Asselineau ne parlaient de Charles qu'en termes élogieux. Il est vrai que Charles vous forçait à l'au-delà de… toujours. Il fallait retenir de mon Charles autre chose que ses frasques amoureuses qualifiées comme telles. Il fallait traiter de ses fresques littéraires. Il vous faut définitivement envisager la poésie comme un exercice périlleux, difficile et de ce fait, réservé aux esprits fins épris du réel inconnu. Le club des Hashischins se répandait en délices créatifs avec l'écriture automatique comme riposte aux hallucinations d'une transe décidée. Mais Charles n'avait besoin de rien pour provoquer l'inspiration, car les mots se lient à force d'acharnement divin. Charles devint un Baudelaire défragmenté et démontra qu'il est possible d'avoir des références inattendues dans l'art de l'amour, dans l'art de la vie et dans l'art tout court. Je sais : il n'est pas besoin de prétendre au reconnu, au réputé, pour affirmer que l'on plante. Il faut creuser jusqu'à s'attendre aux rictus de vécus, à la contemplation active et aux mouvements saccadés. La vie n'est pas une plaine vide, ni un mont lisse, elle est un remous, visible ou pas, aux précipices surprenants où viennent se ravitailler l'allégresse et les oiseaux des saisons. Il faut que nos âmes en soient bouleversées, pour qu'elles bouleversent.

Je l'espionnais alors. Je le suivais, il s'en apercevait parfois. Lors de l'une de ses crises cérébrales au bord de Seine, où nous espionnions ceux et celles qui achetaient ou feuilletaient son ouvrage défendu, je l'abandonnai. Je l'embrassai là, dans un ultime adieu, lui précisant bassement entre pleurs maintenus et cris hystériques, qu'il me remercierait un jour d'avoir emporté mon corps loin de lui. Je ne saurais expliquer davantage pourquoi je me refusais à ce que nous vieillissions et mourions ensemble. Les absences de Charles réfugié à Honfleur, fuyant Paris la ville du mépris, m'étourdirent. Mon faux frère s'éblouit de l'amour toujours si triomphant que j'éprouvais pour

Charles et le corps impalpable, je me décomposais en loques bien étranges. Ma vieillesse et ma maladie m'engouffraient dans une nonchalance abominable. Charles bousculait son âme jusqu'en Belgique après avoir scruté tout Paris pour me trouver. Mon renoncement au théâtre et à mon pays, rejoignit mon renoncement à Charles. Je rentrai en Haïti avec mes souvenirs et les photos de Félix Nadar. Je n'avais pas quitté Charles, je m'étais quittée, moi. Charles était pétri en moi. Je suis morte en moi rapidement. Sans lui, le Rien n'avait aucune saveur et le Tout devint la brocante de mes souvenirs. Je m'éteignais, portée par une secousse transversale. Il fallait que je rentre à Paris. Paris aurait ma dépouille. Mon corps me devenait insoutenable. Je devins comme Charles, préoccupée par l'ennui, possédée par un esprit de renoncement qui m'imposa la mort guillerette comme morbide compagne. Mais je m'attachais férocement à son poème « Belle d'abandon ». Un enfant de Charles aurait apaisé mes angoisses, chaque année plus vertigineuses. Je devins récalcitrante au courage et projetai de m'épouvanter. Sa mort me parvint comme l'achèvement d'un pacte scellé. Il mourut avant moi. Comme promis. Je ne pense pas que Charles ait aimé la Belgique, pas plus que je n'aie aimé rentrer au pays, parce que nous, nous reflétions déjà un pays à cristalliser. Mais cet ailleurs le pétrifiait. Il aurait dû me suivre, accepter de devenir un autre Lui, sans rempart de secours :

l'invitation au voyage.

Caroline, au chevet de son fils, le regardait entrer dans une franche et claire agonie. Allongé dans son lit royal, tel un prince républicain d'un au-delà qui exulte de se compléter, ses derniers souffles furent transposés sur la musique de Wagner qu'il affectionnait et auquel il avait écrit quelques correspondances pour lui faire part de la présence du grandiose qu'il décelait dans sa musique. Édouard Manet pénétra dans la pièce, ses toiles à la main. Il retira son chapeau machinalement d'un geste élégant qui frisait l'indécence, face à mon Charles près du tombeau complice. Édouard étala ses toiles d'un moi volé au fil du temps, des temps baudelairiens. Charles se renfrognait dans un besoin encore et toujours plus puissant d'un désir d'empreintes savoureuses et douloureuses de moi. Il perdit la parole dans son   agonie, il ne lui resta que l'odorat, les yeux, les oreilles et les pigments invisibles de l'épiderme. Le goût ressenti de sa salive pétrie d'un mélange de rancune et de foi soudainement stable envers Dieu, emplissait son palais avant que le sang n'y reflète la perdition physique. Caroline, dont le parfum soigné taquinait ses narines, restait à ses côtés comme une mère têtue, arbitre d'un jeu, qui enfin et vraiment lui échappait. Elle lui serra la main pour l'accompagner à traverser un monde inconnu. Charles versa des larmes, comme une première fois avouée et s'éteint, fixant le portrait de sa Jeanne saisie par un autre. Il pouvait encore me poursuivre au travers des souvenirs d'autrui, car par gourmandise, ses souvenirs de moi ne lui suffisaient plus. J'errais dans les rues de Paris, à l'affût du moindre cabaret, me rattachant à de vagues prouesses. Je repensais à notre amour acharné. Nous avions notre tréfonds, jusqu'à devenir saoul l'un de l'autre, sans trop savoir qui avait bu qui et qui devrait vieillir le mieux pour être meilleur aux turpitudes de l'autre. Lequel de nos cœurs serait le plus réceptif à cet éternel amour inlassablement proclamé à chacun de nos instants ? Je me suis évanouie dans un faubourg et autant que je me souvienne, à mon réveil, Charles était là. Telle une dévoreuse ennuyée en ce pays soudain où il m'attendait depuis un moment. La cantatrice Emma Calvé est venue me rendre visite aujourd'hui, ou peut-être était-ce hier. Elle viendra sûrement demain. Mes deux béquilles avec lesquelles j'écume les faubourgs ne m'irritent pas. Je ressemble à un chérubin anobli. Mon logis au 17, rue Sauffroy à Batignolles lui a plu. Parfois elle étale sa voix entre deux de mes étouffements. Je la vois vaguement, comme si j'ouvrais les yeux dans une eau rigolote. Toujours, je la sens répandre ses octaves wagnériennes dans mon estomac. Mon cœur de joie blêmit : je guéris et je suis de moins en moins paralysée. Je peux dire sans risque de m'effacer ou de mourir pétrifiée d'insatisfactions, de peur et de regrets, que j'ai aimé cette vie de sublimée. J'ai été pour les esprits créatifs qui m'ont aimée une inspiration éternelle, incommensurable et palpable. Il est une belle destinée : celle que je me suis forgée au travers de ceux qui m'ont aimée. Il est un beau destin : celui que le Divin a choisi pour moi au travers des rencontres qu'il m'a programmées. Je m'étreins. Vous parlerez de moi : ne dites pas « la muse achevée et accomplie », dites « la muse inspiratrice, acheminée et indivisible de Charles Baudelaire ».

Charles, caprice de ma pulpe, masque de mon antre, profondeur de mes privations, Baudelaire ma poutre, sclérose de ma divinité révélée, rideau de ma modestie, tourment de mes délices, fracas de mes élévations, égoïsme de mes kystes, éclats de mes silures, *tempo* de mes indices, récits de ma mortalité, passion de mes héroïsmes, je suis ton éternelle et obséquieuse solitude érotique. Acrobaties de mes étreintes, république de mes rêves, égalité de mes confessions, catastrophe de mes sortilèges, prémisse de mon immortalité, scierie de ma nonchalance prescrite, éclaboussure de ma nostalgie, ambre de mes rires, enjambée de mon intelligence, délicatesse de ma tendresse, succube de mes pouvoirs d'enchanteresse, allégresse de ma solitude, crispation de mes absences, chaleur de mon cerveau mixte, vantardise de ma foi, orgueil jumeau de mon pays, réalisme de mon sort, évanouissement de mes dangers, aube de mes nuits altérées, crépuscule de mes lunes rosées, fratricide de mes vices, cupidité de mon intellect, indigo de mes courbures, candeur de mes principes, charme de ma mobilité, légende de mon osmose, partie de mon âme, légèreté de mon pardon, finesse de ma morbidité, secret de ma tendresse, liesse de ma réflexion, usurpateur de mon intimité, grabuge de mon épicurisme, cendres de ma vie, prétention de mon dépassement, charme de notre mythe, dévoreur de mon moi récalcitrant, sang incandescent de mes souvenirs... Croyez ce que Charles disait de moi :

« Tu ne tueras jamais dans ma mémoire celle qui fut mon plaisir et ma gloire. »

Baudelaire Charles, durant nos vingt-sept années, et toujours au-delà et dans leur aujourd'hui, je suis votre Femme, je vous aime jusqu'à l'infini de nous et des maquisards de l'Amour.

24 poèmes de Charles Baudelaire sont reconnus comme étant inspirés par Jeanne Duval, parmi d'autres, forcément : *Parfum exotique*, *Sed non satiata*, *La Chevelure*, *Avec ses vêtements ondoyants et nacrés*, *Le serpent qui danse*, *Remords posthume*, *Hymne à la beauté*, *Le Chat*, *Duellum*, *Un fantôme*, *Je te donne ces vers afin que si mon nom*, *Le Balcon*, *Je t'adore à l'égal de la voûte nocturne*, *Les Métamorphoses du vampire*, *Le Vampire*, *Les Bijoux*, *Une charogne*, *La Beauté* , *De profundis clamavi*, *Le Léthé*, *Le Possédé*, *Tu mettrais l'univers entier dans ta ruelle*, *L'Invitation au voyage*, *Épilogue à la deuxième édition*.

KARINE EDOWIZA

Jeanne Duval, l'Aimée de Charles Baudelaire :une muse haïtienne à Paris.

L'enquête

Jeanne Duval, l'Aimée de Charles Baudelaire : une muse haïtienne à Paris

Le statut de muse de Charles Baudelaire attribué à Jeanne Duval, femme noire, métisse, semble être réduit à celui d'intrigante, de prostituée, de scandaleuse et d'illettrée. Jeanne Duval était probablement haïtienne. Si Charles Baudelaire la nomme sa « gloire », les historiens ou critiques d'art n'ont retenu d'elle que la « maîtresse ». J'ai choisi de la replacer dans le contexte politique et artistique de l'époque, pour témoigner de sa personnalité. Cet article est conçu comme une enquête. Finalement, que nous dévoilent les traces écrites, visuelles et historiques sur cette figure d'un XIXe siècle bouillonnant ?

D'abord, parlons du contexte politique de l'époque.

Le contexte politique mi-impérial, mi-républicain.

Le contexte politique mi-impérial, mi-républicain ne permettait pas au couple mixte que Jeanne formait avec Charles Baudelaire de s'épanouir. Jeanne Duval était une femme libre, comédienne, lettrée et afro-caribéenne. Elle a fréquenté et certainement inspiré le photographe Félix Tournachon dit Nadar, les peintres Édouard Manet, Gustave Courbet, Berthe Morisot, l'auteur

Théodore de Banville, la chanteuse Emma Calvé,
l'intellectuelle et muse Apollonie Sabatier.

Une muse n'est jamais muette ou figée, sinon elle
n'inspirerait pas.

Selon mes hypothèses, toujours établies à partir de
documents et de témoignages historiques
vérifiables, Jeanne Duval serait née en 1820. Je
m'aligne sur la thèse de l'auteur Jacques de Cauna.
Elle serait morte vers 1870, selon le témoignage de
Nadar, plus tard — en1878 — selon la cantatrice
Emma Calvé. Jacques de Cauna a retrouvé une
Jeanne Duval née en 1820 sur un acte de naissance
haïtien. Son nom complet était Jeanne Prosper
Caroline Dardart, dite Jeanne Duval, dite Berthe au
théâtre, de son vrai nom Lemaire ou Lemer. Le
fichier de la maison de santé, dont les traces ont
disparu et où elle fut internée, stipulait bien qu'elle
venait de Saint-Domingue. Un certain Duval a été
rapporté comme étant ambassadeur à Londres. Sur
une lettre datée du 8 mai 1850 adressée à Gérard
de Nerval, Charles Baudelaire demande qu'on lui
remette des places pour une pièce de théâtre à la
confiance de Mlle Caroline Dardart. Nadar, quand
il décrit Jeanne, dans *Baudelaire intime : le poète
vierge*, précise qu'elle vient des Antilles. Dans *De
l'amour* par Charles Baudelaire, Félix-François
Gautier, directeur scientifique de l'ouvrage, évoque
page 15 « la fille de Saint Domingue ».

Il est probable que la mère de Jeanne Duval soit morte le 15 novembre 1853. En effet le 18 novembre 1853, Baudelaire écrit à sa mère qu'il s'est occupé de l'inhumation d'une femme. Jacques Crépet, dans *Propos sur Baudelaire*, a découvert l'acte de décès d'une Jeanne Lemaire, décédée à Belleville le 15 novembre 1853, veuve, née à Nantes, âgée de 63 ans.

Jeanne Duval n'est pas une énigme. C'est une femme qui a vécu à une époque où la France oscillait entre empire et république en devenir. Quand on replace Jeanne Duval dans ce contexte politique et historique là, on sait ce à quoi le couple mixte qu'elle formait avec Charles Baudelaire a dû faire face. Ils font connaissance sous le Second Empire en 1841 ou 1842. La Seconde République française commence en 1848 et se termine en 1852. La République française abolit l'esclavage en 1848. Quand Jeanne rencontre Charles, l'esclavage existe donc encore. Pourtant, elle est une femme métisse libre, qui se pavane aux bras d'un blanc résolument républicain et qui plus est, poète du renouveau. La France redevient un empire de 1852 à 1870. Charles Baudelaire meurt sans avoir vu la IIIe République. Jeanne Duval s'éteint quelques années après sa proclamation.

Le couple s'aime dans une France impériale qui continue de pratiquer le commerce triangulaire, s'enrichit par l'humanité bafouée et s'entête à maintenir code noir et esclavage. Les républicains français de l'époque se rattachent au patrimoine de la Révolution de 1789 et peinent à instaurer une république digne de leurs idéaux de liberté, d'égalité et de fraternité.

Il faut replacer les poèmes de Charles Baudelaire dans ce contexte. Le poète offre à voir une femme noire, métisse, libre, belle et désirable, où l'empire asservit ces femmes réduites à l'usage de marchandise et d'objet sexuel, violées en majorité.

Si Charles Baudelaire est connu pour ces poèmes, encore trop peu d'historiens ou de critiques ébruitent le fait que son général de beau-père (mari de sa mère devenue veuve) servait l'empire, notamment en diplomatie. Charles Baudelaire le citoyen est aussi celui qui prévint Proudhon d'un attentat contre sa personne. Baudelaire père était républicain, Charles aussi. Joseph François Baudelaire était fonctionnaire au Sénat, prêtre, répétiteur et dessinateur. Sa première femme est Jeanne Justine Rosalie Janin, artiste peintre. De leur union naîtra Claude Alphonse Baudelaire, frère aîné de Charles. Le père Baudelaire devenu veuf se remariera avec Caroline Dufaÿs, la mère de Charles , de trente-quatre ans sa cadette.

Haïti-Saint-Domingue est à cette époque, une république depuis 1804, c'est un fait historique ; l'une des premières républiques au monde, une république d'esclaves libérés. L'armée française perd cette colonie face à l'armée de libération. Jeanne Duval est donc forcément une scandaleuse pour les politiques impériaux. Même si des historiens spéculent que cette Jeanne Duval Lemaire, née en Haïti, n'est pas forcément notre Jeanne baudelairienne, peu importe. Pour feue la photographe ghanéene-écossaise Maud Sulter, Jeanne est une métisse guinéenne. Ce qui importe là, c'est son statut de femme libre lors de sa vie parisienne, en plein empire. On ne peut comprendre Jeanne Duval la muse, que si l'on comprend Jeanne Duval, politisée de fait.

Voici un extrait d'un billet que Jeanne Duval écrivit à Charles : « On sonne un gros coup. J'étais couchée et Louise (ma bonne) sortie. Ce ne pouvait être que toi. Je cours ouvrir en chemise. Personne ! Mais à travers la cour, de mon rideau je vois ton étourneau de frère qui file comme un cerf-volant. Qu'est-ce que tu voulais ? Viens me le dire »[1]. Lettrée, oui. Jeanne était comédienne, elle savait donc lire et écrire. Poétesse ? Peut-être, si l'on relève le style de ce petit mot, qui s'apparente plus à un petit poème. Où sont donc passées les lettres que Jeanne Duval a écrit à Charles Baudelaire, qui conservait des trésors écrits ? Jeanne avait une bonne, elle avait donc un statut social qui le lui permettait. Elle n'a pas toujours vécu sur l'héritage de Charles ou sur sa prétendue ou possible prostitution. Certains historiens ont argumenté que le flou qui entoure le patronyme de Jeanne prouve

---

1 *Baudelaire Intime* par Nadar, page 11. Extrait d'un billet écrit par Jeanne Duval. Félix Tournachon Nadar dit avoir vu Jeanne Duval en 1870.

qu'elle était entretenue par divers hommes sur une période donnée. La mère de Jeanne est venue la rejoindre à Paris, comme l'atteste l'une des lettres de Charles , écrite à une date imprécise. Elle qualifie Baudelaire de « frère », par rapport à l'idéal républicain, probablement. En outre, on sait que Charles Baudelaire n'aurait pas été accepté en franc-maçonnerie, mais qu'en était-il de Jeanne Duval ?

Il me plaît de relever là, le style poétique de son billet :

« On sonne un gros coup » : la référence au théâtre est à souligner et la fougue de Charles Baudelaire relevée.

« J'étais couchée » : elle partage son intimité avec Charles.

« et Louise (ma bonne) sortie » : j'étais pourtant seule et disponible pour toi, Charles.

« Ce ne pouvait être que toi » : il n'y a que toi qui sait qui je suis et à qui je permets tant.

« Je cours ouvrir en chemise » :on l'imagine plus muse que jamais se prélassant et comme une beauté que l'on ne peut attacher, elle est libre et court, vole presque.

« Personne ! » : un peu déçue mais amusée.

« Mais à travers la cour, de mon rideau » : elle l'observe comme une amoureuse qui n'abandonne pas, le rideau est encore là, son amour du théâtre aussi et leur amour interdit souligné.

« je vois ton étourneau de frère » :elle n'est pas que sa muse et son intime elle le qualifie de frère, frère républicain probablement.

« qui file comme un cerf-volant » : encore la liberté que les amants chérissaient.

« Qu'est-ce que tu voulais ? » : l'amoureux Charles avait parfois du mal à communiquer.

« Viens me le dire… » : viens amour, viens, dis-moi tout.

Les lettres de Charles Baudelaire

De précieuses notes empruntées aux lettres de Charles Baudelaire m'ont aidée pour écrire cette biographie poétique, à savoir :

- Dijon, lettre du 10 janvier 1850 à Narcisse Ancelle ;

- Honfleur, lettre du 17 décembre 1859 à Jeanne Duval, écrite depuis la maison de sa mère ;

- la lettre du 29 avril 1859 à Poulet-Malassis ;

- la lettre du 16 janvier 1861 à Poulet-Malassis ;

- la lettre du 7 mai 1864 à Narcisse Ancelle ;

- la lettre datée du mois de novembre 1864 à Narcisse Ancelle ;

- une lettre adressée à Théophile Gautier.

Les lettres de Charles Baudelaire sont en libre accès sur internet.

Celles-ci témoignent de la vie de Jeanne Duval. La mère de Charles Baudelaire, Caroline Dufaÿs Aupick, aurait selon certains historiens, détruit toutes les lettres que Jeanne Duval adressa à Charles Baudelaire.

Dans ses lettres datées du 10 janvier 1850 et du 4 décembre 1855, Charles Baudelaire s'adresse au notaire Maître Ancelle, sur un ton de défense où il protège Jeanne Duval. On s'aperçoit qu'il envoyait souvent Jeanne auprès de celui-ci pour plaider sa cause d'héritier et donnait l'ordre au notaire familial de donner des arrhes à Jeanne. Si Jeanne servait de lien entre les deux hommes, un notaire et un poète, elle est bien à des kilomètres d'une piètre niaise ! On relève dans les lettres que Jeanne est évidemment lettrée.

Dans celle adressée à Poulet-Malassis, datée du 29 avril 1859, Charles qui s'occupe de Jeanne lorsqu'elle est malade (partiellement paralysée) et internée à la Maison municipale de santé au 200, faubourg Saint-Denis à Paris, s'inquiète.

Dans celle adressée à Jeanne datant du 17 décembre 1859, on relève toute l'affection et le souci de Charles envers Jeanne, alors convalescente.

Enfin, dans sa lettre du 16 janvier 1861, adressée à Poulet-Malassis, on découvre un Charles outré par l'attitude du frère de Jeanne, qui à cette époque habite à Neuilly avec celle-ci. Frère, qui reviendrait de voyages lointains et qui aurait irrité le poète par son comportement opportuniste et peu affectif.

Correspondances connues où Charles Baudelaire fait mention de Jeanne Duval :

- du 30 juin 1845 au notaire Ancelle ;
- du 10 mai 1850 à Gérard de Nerval ;
- du 13 mars 1856 à Charles Asselineau ;
- du 17 décembre 1859 à Jeanne ;
- du 16 janvier 1861 à Poulet-Malassis ;
- du 6 mai 1861 à sa mère Caroline Aupick.

Les lieux où vécut Jeanne Duval.

Elle a habité :

> - au 6, rue Le Regrattier, rue de la Femme-sans-Tête, dans le 4e arrondissement, probablement avec sa mère, Mme Duval ;

> - à l'hôtel Lauzun 17, quai d'Anjou anciennement Pimodan dans le 4e arrondissement, sur l'île Saint-Louis. Charles et Jeanne habitaient un 3 pièces au dernier étage sur la cour ;

> - au 22, rue beautrellis dans le 4e arrondissement avec Charles Baudelaire ;

> - à Neuilly-sur-Seine au 4, rue Louis-Philippe, alors en convalescence ;

> - à Neuilly-sur-Seine avec Charles Baudelaire au 95, avenue de la République ;

> - au 17, rue Sauffroy dans le 17e arrondissement, connue pour être sa dernière adresse ;

> - elle a séjourné à la Maison de la santé municipale dit hospice Dubois dans le 10e arrondissement au 200, rue faubourg Saint-Denis ;

> - Charles Baudelaire achève *Les Fleurs du mal* au 5e étage de l'hôtel Voltaireau 19,

quai Voltaire en 1856-1857. Le poète est inhumé le 2 septembre 1867 au cimetière Montparnasse, à Paris. La maison de la mère de Charles Baudelaire est située rue Charles-Baudelaire, à Honfleur. Elle n'existe plus mais une plaque en marque l'emplacement.

Les théâtres dans lesquels elle fut comédienne.

Elle était comédienne au théâtre de la Porte Saint-Martin dans le 10e arrondissement. Puis au théâtre du Panthéon dans le 5e arrondissement. Elle fréquentait le 5, rue Le Peletier dans le 9e arrondissement, un café concert où se retrouvaient des artistes et des politiques.

Le théâtre de la Porte Saint-Martin :

Voici une liste de quelques directeurs ayant dirigé ce lieu.

En 1841, on jouait *Féeries* , *Les 1001 Nuits* , *La Biche au bois*, le théâtre était administré par les frères Cogniard. En 1848, Crosnier associé à Ber et Tilly dirige le lieu. En 1851, Marc Fournier offre au public un catalogue de drames. Le théâtre est incendié en 1871 sous la Commune.

En 1873, il rouvre on y joue *Marie Tudor*. Sarah Bernhardt y interprète des rôles jusqu'à la fin du siècle.

Le théâtre du Panthéon accueille du public dès 1832 et ferme en 1844. Les programmations sont surtout des vaudevilles. Il est alors dirigé par Thomas Sauvage. En 1833, Georges et Pierre Perrin s'y installent. En 1835, il est dirigé par Tard, en 1836 par Théodore Nezel, en 1839, par Dubourjal, qui engage une certaine Aline Duval. En 1842, Oscar Pichat et Houy le dirigent. En 1853, Blachard et Braux se partagent la direction.

Les lieux où se serait produite Jeanne Duval sont des espaces où les directeurs privilégiaient les mises en scènes autour de la fantaisie, le vaudeville et parfois le drame.

Dans les correspondances que Charles Baudelaire adresse à Narcisse Ancelle, son notaire, on découvre que Jeanne Duval est parfaitement impliquée dans la vie intime du poète. Il n'hésite pas à l'envoyer comme émissaire, faisant d'elle l'avocate de sa situation de poète et d'héritier.

De plusieurs de ses lettres, on sait que Jeanne était lettrée et avait un esprit moderne voire avant-gardiste pour l'époque.

Le procès des *Fleurs du mal* et sa condamnation au regard des poèmes inspirés par Jeanne Duval

Publié le 25 juin 1857, durant l'empire, le recueil de poèmes *Les Fleurs du mal* titre non choisi par Charles Baudelaire, édité par Poulet-Malassis et De Broise fait scandale. Dès le 7 juillet, la direction de la sûreté publique saisit le parquet pour « outrage à la morale publique » et « offense à la morale religieuse ».

Le procureur Ernest Pinard, a requis cinq mois plus tôt contre *Madame Bovary*, le même genre d'accusation et demeure frustré de la non-réussite de « sa » condamnation, à propos de l'œuvre dont l'héroïne n'est ni métisse ni noire mais demeure un esprit féminin au prise avec sa modernité. L'auteur Gustave Flaubert écope d'un « réalisme vulgaire et souvent choquant de la peinture des caractères ». Le procureur se penche alors sur le cas de Charles Baudelaire *via* le premier chef d'accusation d'outrage à la morale publique et laisse le tribunal décider de l'offense à la morale religieuse qui ne sera pas retenue. Le 20 août, maître Pinard prononce son réquisitoire devant la sixième chambre correctionnelle.

La plaidoirie est assurée par Gustave Chaix d'Est-Ange. Le 21 août, Charles Baudelaire et ses éditeurs sont condamnés pour « délit d'outrage à la morale publique », à respectivement 300 et 100 francs d'amende et à la suppression de 6 pièces du recueil de poésies: *À celle qui est trop gaie*, inspiré par Apollonie Sabatier, *Les Bijoux*, , *Le Léthé*, , *Lesbos*, *Femmes damnées* et *Les Métamorphoses du Vampire*, inspirés par Jeanne Duval. Observons dans cette condamnation, celle de Jeanne Duval. C'est là une certaine vision de la femme libre qui est condamnée, dont Charles Baudelaire s'est fait le chantre. L'ouvrage sera réédité, dans des versions différentes, en 1861, 1866 puis 1868. La réhabilitation n'intervient qu'en 1949.

C'est donc aussi avec son patrimoine politique que la muse haïtienne aimant la poésie et peut-être poétesse a été peinte et dessinée.

Muse d'artistes (poètes, auteurs, peintres et photographes)

Poètes, auteurs, peintres et photographes ont saisi Jeanne Duval. Elle avait beaucoup de succès en tant que muse, peut-être plus qu'au théâtre de la Porte Saint-Martin ou celui du Panthéon, attribuées comme scènes de prédilection.

L'auteur Gustave Flaubert connaissait Jeanne Duval. Il s'est inspiré de plusieurs femmes pour dépeindre sa Madame Bovary.

Les poètes Charles Baudelaire et Théodore de Banville[2] ont écrit des poèmes-hommages à Jeanne

---

2 in *Mes souvenirs* Théodore de Banville, Charpentier, 1882, p.74

Duval. Théodore de Banville a écrit *Le Divan Le Peletier* en s'inspirant de « l'esprit moderne » de Jeanne Duval, qu'il qualifiera de « spirituelle » dans l'un de ses ouvrages[3].

Quand Charles Baudelaire écrit sur une Jeanne Duval, muse érotique, il ne ressort de ces poèmes aucun cliché de l'esclave noire ou métisse dont le maître blanc peut profiter à sa guise. C'est de l'amour sublimé de chair et d'esprit. Encore une fois pour l'époque, faire de ce type de femme-là une égale désirable est complètement révolutionnaire. Une vingtaine de poèmes environ sont reconnus comme étant inspirés par Jeanne Duval : *Parfum exotique*, *Sed non satiata*, *La Chevelure*, *Avec ses vêtements ondoyants et nacrés*, *Le serpent qui danse*, *Remords posthume*, *Hymne à la beauté*, *Le Chat*, *Duellum*, *Un fantôme*, *Je te donne ces vers afin que si mon nom*, *Le Balcon*, *Je t'adore à l'égal de la voûte nocturne*, *Les Métamorphoses du vampire*, *Le Vampire*, *Les Bijoux*, *Une charogne*, *La Beauté* , *De profundis clamavi*, *Le Léthé*, *Le Possédé*, *Tu mettrais l'univers entier dans ta ruelle*, *L'invitation au voyage*, *Épilogue à la deuxième édition*. Les poètes amoureux n'ont pas de limite en poésie, le chiffre paraît plus élevé. On peut se référencer aussi à son

---

« C'était une fille de couleur, d'une très haute taille, qui portait bien sa brune tête ingénue et superbe, couronnée d'une chevelure violemment crespelée et dont la démarche de reine, pleine d'une grâce farouche, avait quelque chose à la fois de divin et de bestial »

3   *Lettres chimériques*, 1885, p. 281 à 282

ouvrage *Journaux intimes. Fusées.Mon cœur mis à nu)*[4], où il se répand encore sur « sa femme ».

Les dessins de Charles Baudelaire

Jeanne Duval a été dessinée à plusieurs reprises et différents âges par Charles Baudelaire, à la plume et à l'encre de Chine entre 1858 et 1865. Jamais nue, ou peut-être dans l'un de ses autoportraits dessiné à l'encre où plusieurs bouts de femmes trônent, par aucun peintre d'ailleurs. Beaucoup ont spéculé sur la phrase posée sur un dessin : *Quaerens quem devoret,* qui signifie « comme un lion rugissant, cherchant qui dévorer ». Les poètes amoureux métamorphosent l'être de leur cœur en chair dévorante. Mais, pourquoi ne pas supposer que Charles Baudelaire exténué des pressions sociales de l'empire que son couple représentait, représente Jeanne Duval dans l'optique de dire « est-ce d'elle dont vous avez si peur ? », voire avec le passé de prêtre de son père imaginé « il est temps de fermer la gueule des lions » face à la beauté. Des dessins de Jeanne Duval par Charles Baudelaire se dégagent un air mutin, une sensualité d'amoureuse et une personnalité vive.

Le peintre religieux Paul Chenavard, ami d'Eugène Delacroix, voulait peindre Jeanne Duval et Charles Baudelaire lui avait envoyé un dessin à ce sujet sur lequel il aavait noté : « Vision céleste à l'usage de Paul Chenavard ».

---

4   Éditions G. Crès et Cⁱᵉ, 1864

Peinte par Gustave Courbet

Gustave Courbet a peint Jeanne Duval dans son tableau intitulé *L'Atelier du peintre. Allégorie réelle déterminant une phase de sept années de ma vie artistique (et morale)* et daté de 1865. Plus connu sous le nom de *L'Atelier du peintre*, le tableau est exposé au musée d'Orsay à Paris. Jeanne a été effacée du tableau, sans preuve que ce soit Gustave Courbet lui-même qui l'ait ôtée, même s'il est connu pour effacer certains personnages de ces tableaux. Le temps faisant son effet, lors d'un entretien de l'œuvre, elle est réapparue. Ce tableau dépeint les progrès et régressions de l'humanité. Charles Baudelaire et Jeanne Duval sont placés du côté des progrès de l'humanité . Gustave Courbet s'est inspiré de son tableau *Portrait de Baudelaire* et l'a reproduit quasi à l'identique dans *L'Atelier du peintre*.

J'ai réalisé une image numérique à partir de ce portrait et de celui du dessin de Charles Baudelaire envoyé à Paul Chenavard, en utilisant le poème *La chevelure* pour replacer le couple ensemble.

Peinte par Constantin Guys

Le dessinateur, coloriste et peintre français Constantin Guys a peint Jeanne dans les années 1860.

Il avait l'habitude de peindre des « demi-mondaines » ; des femmes étrangères aux teints suscitant chez tous les peintres de l'époque une recherche chromatique.

Il a dessiné Jeanne Duval à plusieurs reprises. Elle apparaît plantureuse dans l'un de ses dessins intitulés *Jeanne Duval*. On peut aussi s'attarder sur nombre de ses dessins représentant des femmes aux cheveux crépus volumineux.

Pour le recueil *Les Fleurs du mal*, Charles Baudelaire lui dédia « Rêve Parisien ». Par ailleurs, le poète écrivit *Le Peintre de la vie moderne*. Cet essai critique et esthétique sur le travail du peintre a été publiée les 26 et 29 novembre et le 3 décembre 1863 par *Le Figaro,* puis en 1869 dans l'œuvre *L'Art romantique* de Charles Baudelaire.

Il y avait chez ces auteurs romantiques le souci de rendre compte d'un monde moderne, parallèle au monde des Lumières.

Peinte par les impressionnistes Édouard Manet et Berthe Morisot

Édouard Manet a peint Jeanne Duval à plusieurs reprises. Son œuvre la plus connue est le tableau dit *La Maîtresse de Baudelaire*, daté de 1862 Ce n'est pas Édouard Manet qui l'intitula ainsi. Tout comme la Dolorès Serral de son tableau *Ballet espagnol* , qui l'a blanchie ? Cette femme était une espagnole d'origine maure qui enseigna à l'Opéra de Paris. En cherchant dans les ressources photographiques de l'Atelier Nadar, sur le site gallica.bnf.fr, on a un très beau portrait de cette femme au port de tête altier. Ce qui est intéressant avec le tableau dit *La Maîtresse de Baudelaire* , c'est qu'il est le contre-pied baudelairien des poèmes sensuels. Jeanne Duval ressemble à une fleur gigantesque, stoïque de beauté, même si vieillissante, le vent ne souffle que sur les rideaux. Elle est un roc. Il faut se rappeler qu'Édouard Manet a vécu au Brésil. Dans ses lettres de jeunesse, il témoigne de son étonnement quant à la condition des noirs dans le Brésil de l'époque.

Rappelons-nous aussi la force politique de son œuvre *L'exécution de Maximilien* œuvre picturale partisane d'un combat républicain anti-violent. Son tableau *Olympia* est tout aussi politique. Édouard Manet a peint Jeanne Duval entièrement habillée en opposition à Olympia. Dans «ce tableau, Édouard Manet dénonce le diktat de la beauté : est-on belle parce qu'on est blanche et nue ? Une fleur est-elle belle de fait ? Peut-on se permettre de dire qu'une femme noire est belle? Votre chat est-il plus noir que cette femme ? Qui est plus valable : le chat, la prostituée ou la noire ? L'œuvre de Frédéric Bazille datée de 1870 *Négresse aux pivoines* est une nette référence à *Olympia* et veut amener à répondre à ces questions sociétales de l'époque. Est-ce encore Jeanne Duval dans les tableaux d'Édouard Manet *Au café Walters* et *Jeune femme à la pèlerine* ?

Je pense incontestablement que le portrait *Au bal* de Berthe Morisot daté de 1875 représente Jeanne Duval, encore une fois vêtue de blanc. Je soutiens qu'il s'agit d'un tableau que la femme peintre a réalisé à partir du tableau dit *La Maîtresse de Baudelaire*. Je maintiens aussi que le tableau de Berthe Morisot *Avant le théâtre* est bel et bien un portrait de Jeanne Duval, et ressemble à une photographie intitulée *Morena* prise par Félix Tournachon Nadar. La « morena » est une femme métisse, aujourd'hui une femme à la réputation de *Carmen* selon Bizet.

Édouard Manet était très respecté et inspirant, élu chef de file de l'impressionnisme pour beaucoup de peintres, même s'il n'y prêtait pas d'attention particulière.

C'est le photographe Félix Tournachon Nadar qui présenta Jeanne Duval à Charles Baudelaire. Mais ils s'étaient croisés auparavant grâce à Théodore de Banville dont l'ouvrage *Lettres chimériques* est une œuvre primordiale , un témoignage qui rend hommage à l'amour complice des amants, avec sincérité et affection.

Photographiée par Félix Tournachon Nadar (L'Atelier Nadar)

Il est indiscutable que Nadar ait photographié Jeanne à plusieurs reprises, peut-être même le couple, pourquoi ne l'aurait-il pas fait ? Dans le fichier de la Bibliothèque nationale de France, de l'Atelier Nadar, il est possible de la retrouver sous plusieurs noms notamment « Jeune modèle » (selon Maud Sulter) ou encore « Mlle Berthe » ou peut-être « Mlle Maire ». Sous le nom des photographiés, apparaissent un « Docteur Duval » et un « bébé Duval » des Folies Bergère. Il faut aussi souligner les ressemblances anthropomorphiques avec des « actrices ou femmes non identifiées» . J'emploie délibérément le terme « anthropomorphique » appuyant l'idée d'une muse proche de la divinité au sens mythologique de l'univers baudelairien.

Voici les photographies de l'Atelier Nadar qui pourraient représenter Jeanne Duval, si l'on se réfère aux peintures et dessins des différents artistes qui l'ont saisie, y compris les dessins de Charles Baudelaire. Simple rapprochement anthropomorphique dans un premier temps, puis sur toutes ressemblances avec des femmes issues des tableaux de peintres ayant côtoyé Charles Baudelaire et ses proches.

S'agissant donc des photographies de l'Atelier Nadar, relevons d'abord les photographies prises entre 1810 et 1920 . J'ai aussi observé les portraits de femmes non identifiées qui sont en général des actrices tenant des rôles secondaires. Si je fais volontairement abstraction des dates, je ne vais pas au-delà de 1910.

- 29805 *Femme assise de trois quarts ;*

- 29806 et 29807 *Femme à mi-corps de profil ;*

- 29808 et 29409 *Femme à mi-corps debout ;*

- 29817 et 29818 *Femme portant une coiffe ;*

- 778 notée *Mlle Jeanne Bouffes ;*

- 29816 *Jeune modèle drapée de velours*, l'image qui étaye la thèse de Maud Sulter ;

- 1042 *Mlle Morena* (la morena est une métisse de la Dominique d'où est peut-être originaire Jeanne Duval) ;

- 2 2 4 2 *Portrait d'une femme non identifiée, théâtre de la Gaîeté ;*

- 1559 *Portrait d'une jeune femme portant un bonnet orné de plumes ;*

- 1575 *Portrait d'une jeune femme portant une coiffe ornée d'un croissant ;*

- 1572 *Portrait d'une jeune femme tenant un luth ;*

- 137 B *Berthe renaissance ;*

- Les photos de Mlle Judic vêtue à la créole ;

- Les dessins et non les photos représentant l'actrice de Mlle Silly, exceptée la photographie 0547 ;

- Certaines photos classées Jeanne Block comme la n°90 A se rapprochent plus du physique de Jeanne Duval.

D'un point de vue anthropomorphique, Jeanne Duval avait aussi un physique plus ou moins proche de celui de Mlle Laslin, danseuse à l'opéra.

Dans son ouvrage *Baudelaire intime, le poète vierge* le photographe Félix Tournachon Nadar dresse un portrait parfois sec, qui semble incomplet, de Jeanne Duval dont il fait la connaissance en 1839.

Le salon d'Apollonie Sabatier et le témoignage d'Emma Calvé

Enfin, Jeanne Duval et Charles Baudelaire fréquentaient le salon d'Apollonie Sabatier. C'était un lieu de rendez-vous où beaucoup d'intellectuels, de politiques et d'artistes de l'époque se retrouvaient. Sur l'un des dessins de Charles Baudelaire, Apollonie Sabatier nota : « La voilà votre idéale, la Dardart ».

Félix Tournachon Nadar stipule avoir vu Jeanne Duval en 1870. La cantatrice Emma Calvé raconte dans son autobiographie[5] qu'elle rend visite à Jeanne les mêmes années. Grâce à son témoignage, nous connaissons la date de la mort de Jeanne, vers 1878. Emma Calvé avait donc 20 ans quand elle rencontra la muse vieillie. La cantatrice *soprano* la

---

5   *Sous tous les ciels, j'ai chanté : souvenirs*, Paris éditions Plon, 1940

dépeint dans son autobiographie avec une chevelure grise, âgée d'une soixantaine d'années. Comme le souligne Emmanuel Richon dans son ouvrage *Belle d'abandon*, Jeanne Duval raconte à Emma Calvé que c'est difficile d'être l'aimée d'un poète et qu'elle possède une boîte en bois, qu'elle garde jalousement dans laquelle elle aurait déposé des poèmes inédits que Charles Baudelaire lui aurait écrits. Personne ne sait où est enterrée Jeanne Duval, pas encore.

Petit point

Cette femme, Jeanne Duval, est une figure historique et esthétique primordiale du XIXe siècle français. Impossible de la réduire au niveau de son érotisme ou d'une prétendue prostitution, ni même au caractère supposé torturé du génie Charles Baudelaire. Elle a inspiré de nombreux artistes et auteurs français. Elle leur a apporté son esprit moderne et une esthétique qui permettra d'enrichir des courants artistiques au niveau de la peinture, notamment l'impressionnisme, la nouvelle poésie et la photographie de portraits d'actrices.

Jeanne Duval a été « l'Aimée » de Charles Baudelaire, celui qui apporta un souffle nouveau à la poésie, comme le soulignait Victor Hugo. Un souffle nouveau littéraire, esthétique, politique et social.

« Nous qui avons mieux fait que de connaître Baudelaire, nous qui l'avons toujours suivi, admiré et aimé , nous savons que sa vie entière, comme son œuvre, fut remplie par un seul amour, et que du premier jour au dernier, il aima une seule femme, cette Jeanne, admirablement belle , gracieuse et spirituelle, qu'il a toujours chantée. »[6]

---

6 Théodore de Banville dans *Lettres Chimériques*

VIE DE JEANNE
(1827-1878)

1827 (vers) - Naissance à Jacmel en Haïti de Jeanne Prosper Caroline DARDART, dite Jeanne Duval, dite Berthe au théâtre. De son vrai nom, Lemaire ou Lemer.
Un acte de décès d'une Jeanne Lemaire, décédée à Belleville le 15 novembre 1853, veuve, née à Nantes, âgée de 63 ans a été découvert par Jacques Crépet. Elle serait la mère de Jeanne Duval.
Un docteur Duval a été photographié par Nadar.

1840 - Modèle pour Félix Tournachon Nadar et comédienne (vue dans *Le système de mon oncle*). C'est Félix Tournachon Nadar qui officiellement parle de Jeanne à Charles et les présente l'un à l'autre.

En 1841-1842 - Elle vit au 15 ou 17 de la rue Saint-Georges, puis au 6, rue de la Femme-sans-Tête, devenue rue Le Regrattier dans le 4ᵉ arrondissement (c'est aussi l'adresse de sa mère, Mme Duval).
La même année, Jeanne écrit un billet à Charles Baudelaire.

1842 à 1844 - Charles et Jeanne vivent ensemble à l'hôtel de Pimodan, devenu Hôtel de Lauzun, 17 quai d'Anjou, où demeurait Théophile Gautier avec son club des Hashischins. Charles Baudelaire y occupait trois pièces au dernier étage sur la cour.

1845 - Tentative de suicide manquée de Charles Baudelaire ordonnant que Jeanne hérite de sa fortune.

De 1844 à 1856 - Le couple ne vit pas ensemble continuellement. Jeanne habite rue Le Regrattier chez sa mère, puis rue Beautrellis, puis à Neuilly. Le couple se sépare en 1856.

1848 - C'est l'année des barricades et de la Seconde République proclamée. L'esclavage est à nouveau aboli.

1850 - Jeanne est envoyée auprès du notaire Ancelle pour plaider la cause financière délicate de Charles. Le couple habite au 95, avenue de la République à Neuilly-sur-Seine, la même année.

1852 - Théodore de Banville dédie son poème *Le Divan Le Peletier* à Jeanne Duval, en référence au «café paroles libres » du Divan et du Peletier 3-5-7-9, rue Le Peletier à Paris dans le 9e arrondissement.

1853 - Décès de la mère de Jeanne, Jeanne Lemaire, le 15 novembre (veuve née à Nantes âgée de 63 ans).

1854 - Gustave Courbet achève son tableau *L'Atelier du peintre ou Allégorie*où il peint Jeanne et Charles (initialement extrait de l'autoportrait de Baudelaire par Courbet daté de 1847) du côté « Les progrès de l'humanité ».

1855 - Charles demande au notaire Ancelle d'envoyer de l'argent à Jeanne.

1856 - Première rupture avec Charles.

1857 - Le 25 juin, publication du recueil de poésie *Les Fleurs du mal* chez Poulet-Malassis.

1857 - Condamnation de certains poèmes dont plusieurs en hommage à Jeanne et particulièrement aux femmes « indépendantes » de l'époque.

1857 - Berthe Morisot peint Jeanne *Au bal* et *Avant le théâtre*.

1858 - Charles vit chez Jeanne et effectue des allers- retours à Honfleur près de sa mère, jusqu'en 1859.

1859 - Jeanne est malade et internée en maison de

santé, 200 faubourg Saint-Denis à Paris, du 5 avril au 17 mai, Charles prend soin d'elle financièrement.

1859 - Jeanne vit au 22 rue Beautrellis à Paris et héberge plusieurs fois Charles, quad il n'est pas à Honfleur. Elle s'installe au 4, rue Louis Philippe, pendant sa convalescence, à Neuilly-sur-Seine. Charles la rejoint.

1861 - Nouvelle publication pour *Les Fleurs du mal*.

1861 - Jeanne accueille son frère à Neuilly-sur-Seine. Charles quitte le domicile de Jeanne.

1862 - Édouard Manet la peint, le tableau devient *La Maîtresse de Baudelaire*, après la mort du peintre. Rupture définitive avec Charles Baudelaire.

1864 - Jeanne et Édouard Manet sont caricaturés dans *Le Journal amusant* par Émile Ulm. Jeanne habite aux Batignolles, où plusieurs artistes demeurent.

1864 - Charles Baudelaire envoie un dessin à Paul Chenavard représentant Jeanne, , et l'a déjà dessinée plusieurs fois à la plume et à l'encre de Chine.

Vers 1865 - Guys Constantin, dessinateur, coloriste et peintre français peint Jeanne.

1866 - Caroline Aupick écrit une lettre relatant ses souvenirs et exprimant son dégoût envers Jeanne.

1867 - Le 31 août, Charles Baudelaire meurt.

1870 - Nadar dit avoir vu Jeanne sur les quais parisiens.

1871 - La Commune de Paris.

1878 - Emma Calvé, la cantatrice, raconte sa rencontre avec Jeanne dans son autobiographie, quand elle lui rendit visite au 17, rue Sauffroy à Batignolles (où Jeanne vit depuis 1864).